たべもののおはなし●オムライス

オムライスのたまご

森 絵都 作　陣崎草子 絵

講談社

たまごというのは、もともと、ゆめみがちなたべものでして、にわとりのママから生《う》まれたときから、白《しろ》いからの中《なか》には、ゆめがいっぱい、つまっているのです。

「ほかほかの、たまごやきになりたい。」

「つやつやの、目玉《めだま》やきになりたい。」

「ふわふわの、いりたまごになりたい。」

「あつあつの、茶《ちゃ》わんむしになりたい。」

「とろとろの、オムレツになりたい。」

「ひとあじちがう、スパニッシュオムレツになりたい。」

「はやりの、エッグベネディクトになりたい。」

「たまごサンドになって、やきたてのパンにはさまれたい。」

「ぷるんぷるんの、プリンになりたい。」

「おさとうたっぷりの、カステラになりたい。」

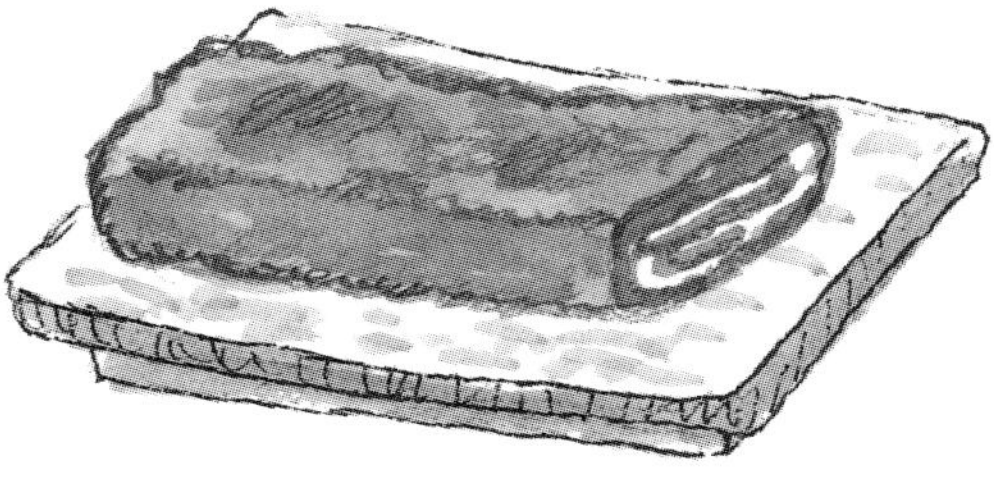

それは、もう、いろんなゆめがあります。
でも、なんといっても、
一番《いちばん》人気《にんき》のゆめは、オムライスです。
あったかい、ひだまりみたいな黄色《きいろ》の
うすやきたまごになって、
ケチャップライスをつつみこむ。
かんろくたっぷり、
ボリュームたっぷりの
あの晴《は》れすがたに、
だれもがあこがれているのです。

同《おな》じママから生《う》まれた
タマコ、タマミ、タマエ、タマキの
四姉妹《しまい》も、やっぱり、オムライスを
ゆめみていました。
「たまごに生《う》まれたからには、
そりゃあ、オムライスよね。
なんたって、オムライスは、
しゅやくのごはんだもの。」
「そう、そう。たまごやきや
目玉《めだま》やきなんて、しょせん、

ただのおかずじゃない。
プリンなんて、
おまけのデザートだし。」
「このよに、オムライスが
きらいな人《ひと》はいないわ。
おいしくて、おなかが
いっぱいになって、
なにより、色《いろ》や形《かたち》がかわいくて。」
「あのトマトケチャップの
ワンポイント、おしゃれよね！」

しょっちゅう、そんな話《はなし》でもりあがっていた四姉妹《しまい》は、とうとう、ある日《ひ》、うんめいのときをむかえました。にわとりのママとおわかれし、同《おな》じパックにつめられて、お店《みせ》やさんのたなにならべられたのです。

しんせん
たまごの日
げんきなたまご
ちくわ
わくわくたまご
にこにこたまご
なっとう
こんにゃく
たまごどうふ
あつあげ
もめんどうふ
きぬごしどうふ
だいずのちから

はたして、どんな人《ひと》が買《か》ってくれるのでしょう。その人《ひと》は、オムライスを作《つく》ってくれるのでしょうか。

四姉妹《しまい》はどきどき、わくわくです。パックの中《なか》から目《め》をこらし、お店《みせ》を行《い》きかう人《ひと》たちを、まじまじと見《み》つめます。

「どうか、お料理《りょうり》ずきの人《ひと》に、当《あ》たりますように。」

「どうか、オムライスがだいこうぶつの人《ひと》に、当《あ》たりますように。」

力《ちから》いっぱい、おいのりしていた四姉妹《しまい》のパックに、ついに、だれかの手《て》がのびました。

「おや、おいしそうなたまごだこと。」

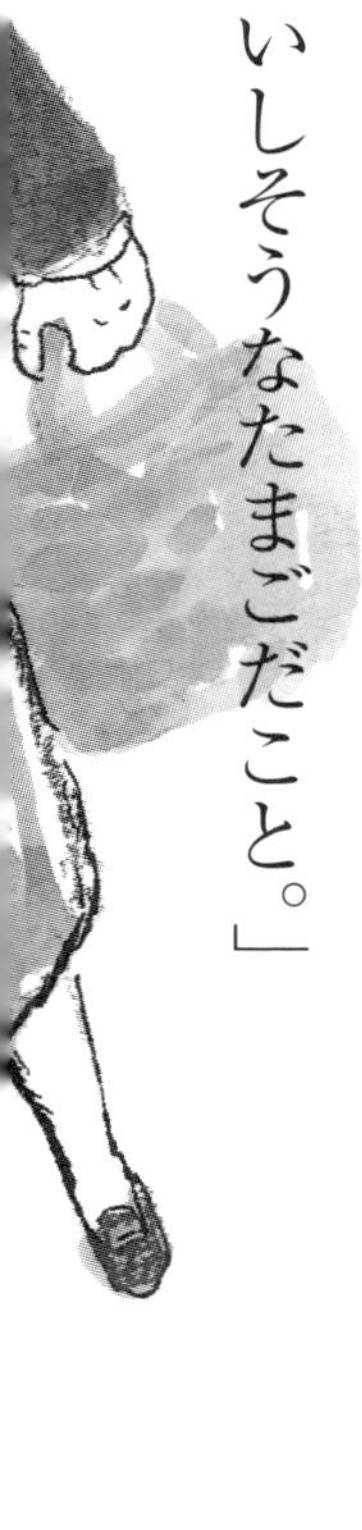

やさしそうな、おばあさんの声《こえ》がします。

「どれどれ。たまごに目《め》がないおじいさんのために、ひとつ、いただいていきましょうかね。」

こうして、おばあさんの手《て》にわたった四姉妹。買《か》いものかごにゆられて、たどりついたのは、古風《こふう》なかわらやねの家《いえ》でした。

ぜんたいてきに茶色《ちゃいろ》く、むかしっぽい家《いえ》です。だいどころには、しょうゆや、みりんのにおいが立《た》ちこめています。

かごから出《だ》され、ながしだいの上《うえ》におかれた四姉妹《しまい》は、くんくんとはなをひくつかせ、くらい気《き》もちになりました。

「なんだか、和食《わしょく》っぽいにおいね。」

「トマトケチャップのにおいがしない……。」

いなか
みそ
たま酒店
しょうゆ
ぬかづけ

わるいよかんは、当《あ》たりました。

その家《いえ》のおばあさんは、お料理《りょうり》ずきでしたが、なんといっても、もうおばあさんなので、こってりしたものはにがてでした。おじいさんと二人《ふたり》のしょくたくには、朝《あさ》も、昼《ひる》も、夜《よる》も、和食《わしょく》ばかりがならびます。四姉妹《しまい》がいるれいぞうこの中《なか》には、トマトケチャップどころか、バターも、マヨネーズもありません。

「あのおばあさんは、オムライスを作《つく》ったことがあるのかしら。」

「オムライスを食《た》べたことがあるのかしら。」

「オムライスを知《し》っているのかしら。」

「きせきをしんじて、いのりましょう。」

ひっしのおいのりもむなしく、まずはさいしょの夜《よる》、四姉妹《しまい》のタマコがおばあさんにえらばれ、だしまきたまごになりました。

ていねいにやかれた、ふかふかのだしまきたまごです。ゆめやぶれたタマコでしたが、「うまいのう。」とおじいさんによろこんでもらえたのが、せめてものなぐさめでした。

「ゆめは、しょせん、ゆめね。でも、タマミとタマエとタマキは、さいごまであきらめないで、きっと、オムライスになってね。」

タマコとおわかれした
つぎの日《ひ》、こんどは、
タマミがおでんのたまごに
なりました。

黒《くろ》ぐろとしたおつゆでにこまれた、しぶい色《いろ》のゆでたまごです。おなべの中《なか》で、こんぶやがんもどきから「きみ、かわいいね。」とチヤホヤされたのが、せめてものなぐさめでした。

「できれば、からしより、ケチャップを頭《あたま》にのっけたかったわ。タマエとタマキは、きっと、ゆめをかなえるのよ。」

ざんねんそうに、おわかれをしたタマミでしたが、
なんといっても、一番《いちばん》ツイていなかったのは、タマエでした。

タマエは、小《ちい》さなうつわの中《なか》で、
なっとうといっしょに
ぐるぐると、かきまぜられる
うんめいにあったのです。
「よりによって、なっとうごはんだなんて！　うっわー、ねばねばする。ねばねばする。あ……でも、だんだん、このねばねばが、気《き》もちよくなってきたかも。」

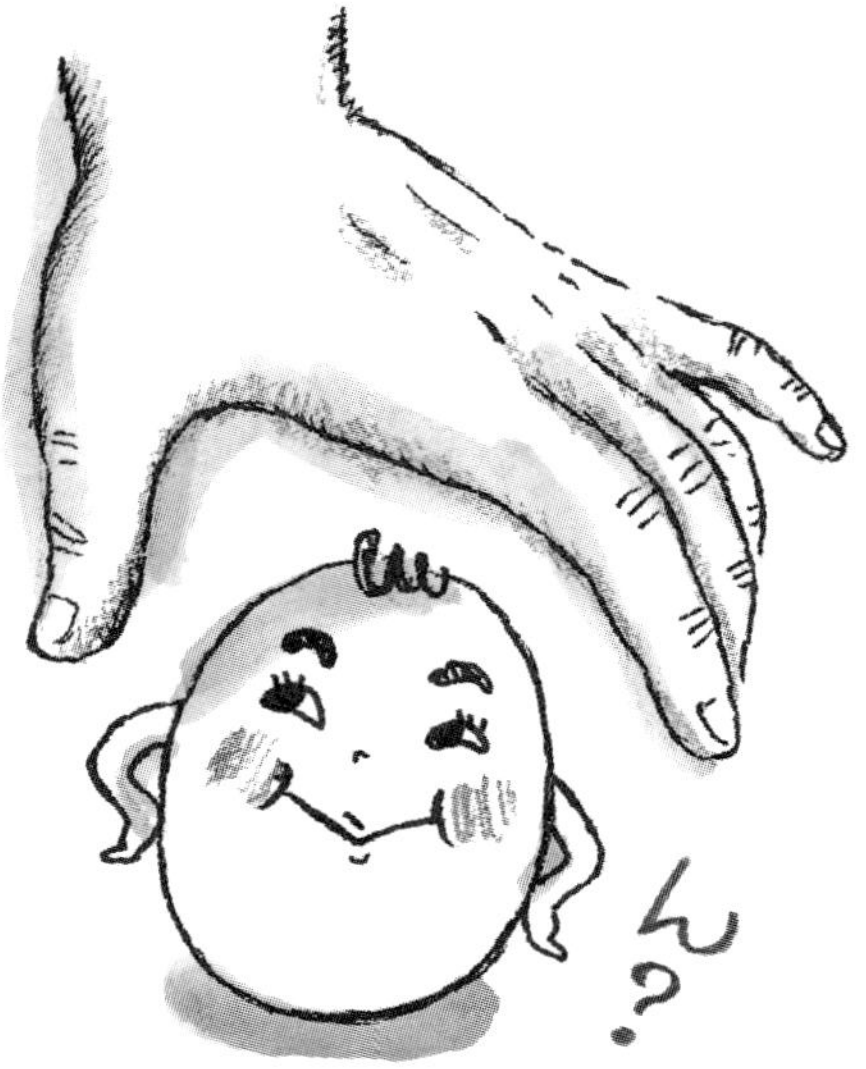

しまいにはひらきなおり、「ねーばねば、あ、それ、ねーばねば！」と、なっとうと声《こえ》を合《あ》わせて、歌《うた》いながらおわかれをしたタマエでしたが、そのやぶれかぶれの歌《うた》を聞《き》いたタマキは、いよいよ、これはまずいと思《おも》ったのです。

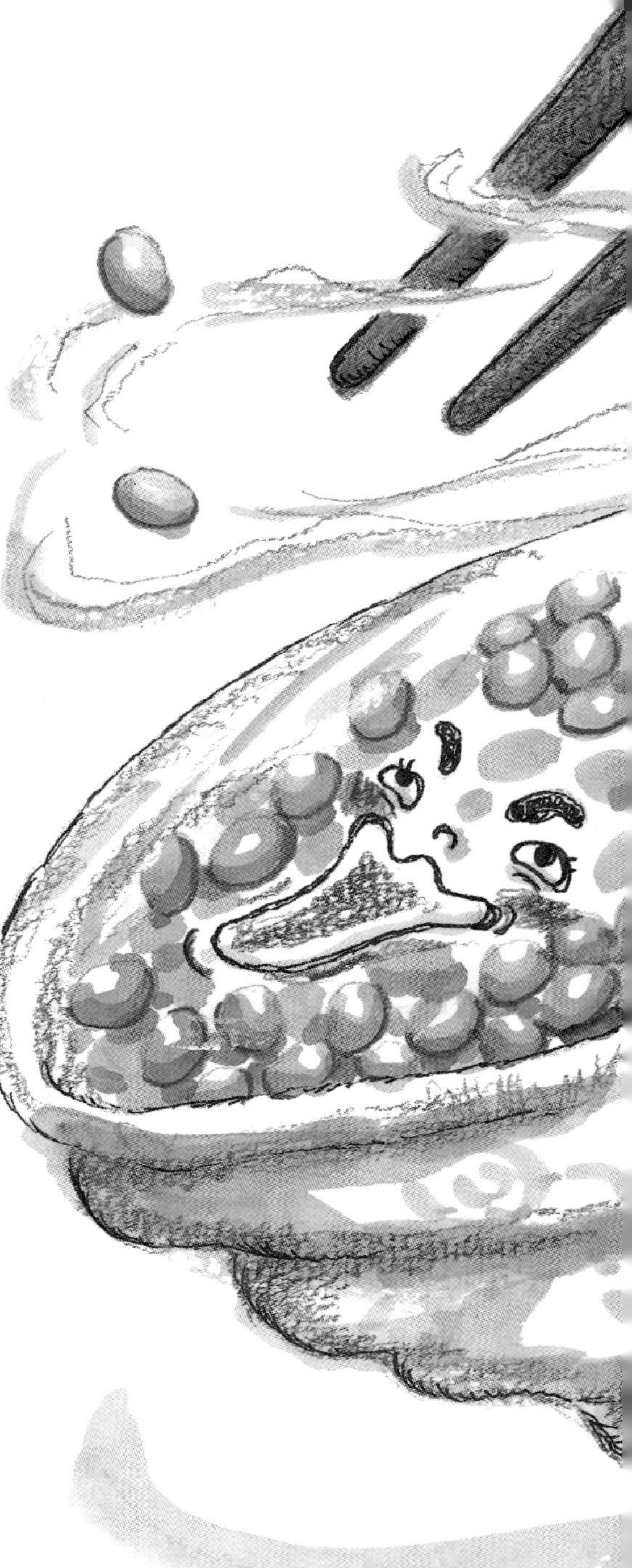

「つぎは、わたしの番《ばん》。このままじっとしてたら、わたしも、何《なに》にされるかわからないわ。オムライスになりたいと思《おも》ってるだけで、オムライスになれるなんて、あまかった。」

タマキは、いのるのをやめました。いのっているだけでは、ゆめはかなわないと、考《かんが》えかたをかえたのです。

「本気《ほんき》でゆめをかなえたいなら、もっと、自分《じぶん》でがんばらなきゃ。」

ざんねんだった三姉妹《しまい》のぶんまで、わたしはうんとがんばって、ぜったい、ゆめをかなえるんだ！

そう心《こころ》にちかったタマキは、つぎの朝《あさ》、おばあさんがれい

ぞうこをあけたすきに、すばやくだっしゅつ。ゆめをかなえるたびに出《で》たのです。

ころころ。ころころ。
ころころ。ころころ。

上手《じょうず》に体《からだ》を
かいてんさせながら、
タマキは道《みち》をころがって
いきます。水《みず》たまりをこえ、
草《くさ》むらをこえ、
犬《いぬ》のふんをきちんとよけて、
前《まえ》へ、前《まえ》へと進《すす》みます。

はじめのうちはのろのろでしたが、しだいにコツがわかって、いきおいがつきました。スピードが上《あ》がるにつれて、心《こころ》もはずんできます。ころがるほどに、力《ちから》がみなぎり、新《あたら》しいたまごに生《う》まれかわっていくようです。

「ああ、空《そら》がきれい。風《かぜ》がさわやか。今《いま》のわたしなら、なんでもできそう！」

むねをわかせ、道《みち》ゆきを楽《たの》しんでいるうちに、とうとう、タマキは小《ちい》さな町《まち》へたどりつきました。

ついに、しょうぶのときです。

まず、タマキがさいしょに目《め》をつけたのは、オレンジのやねに白《しろ》いかべの、大《おお》きなおうちでした。

「ごめんください。」

タマキはゆうきをふりしぼり、頭《あたま》の先《さき》でげんかんのドアをノックしました。

「わたしは、となりの村《むら》から来《き》た、しんせんなたまごです。どうか、わたしをオムライスにしてください。」

「まあ。たまごが、自分《じぶん》からやってくるなんて！」

家《いえ》のお姉《ねえ》さんは、びっくりです。

「ずいぶん、せっきょくてきなたまごねえ。でも、ごめんなさい。わたし、お料理《りょうり》がにがてで、オムライスも作《つく》ったことないのよ。」

「えっ。」

「たまごかけごはんなら、できるけど。」

タマキはぞっとしました。

ここまで来《き》て、生《なま》のまま、食《た》べられてしまってはたまりません。

「さ、さようなら！」
あわててにげだしたタマキでしたが、
そのつぎにたずねた家《いえ》でも、
つぎのつぎの家《いえ》でも、
オムライスのゆめは
かないませんでした。
家《いえ》の人《ひと》たちは、みんな、
首《くび》を横《よこ》にふって、言《い》うのです。
「わるいけど、うちでは、
こうきゅうデパートで売《う》ってる、

ごくじょうの、茶色《ちゃいろ》いたまごしか
食《た》べませんのよ。白《しろ》いたまごなんて、
へいぼんすぎて、おほほほほ。」
「わたし、今《いま》、ダイエット中《ちゅう》なの。
オムライスはカロリーが高《たか》いから、
やめとくわ。」
「こんやはチャーハンにするって、
むすめとやくそくしちゃったのよ。
あなた、たまごチャーハンに
なる気《き》はない？」

どれだけ家《いえ》を回《まわ》っても、「あら、ちょうどよかった。」とタマキをかんげいし、オムライスにしてくれる人《ひと》とは、出会《であ》えません。中《なか》には、「たまごが自分《じぶん》を売《う》りこみにくるなんて。」とあやしんだり、「しょうみきげんが切《き》れてるんじゃないの。」とうたぐったりする人《ひと》もいます。

「せちがらいよのなかだわ。やっぱり、オムライスになるなんて、みのほど知《し》らずのゆめだったのかしら。」

タマキは、もう、くたくたです。一日中《いちにちじゅう》、ころころところがりつづけたおかげで、頭《あたま》もくらくらしています。

それでも、「もう一けんだけ。」と、さいごの力《ちから》をふりしぼり、ひりひりしている頭《あたま》の先《さき》で、また新《あら》たな家《いえ》のドアをノックしました。

「ごめんください。わたしは、名《な》もないにわとりから生《う》まれた、へいぼんなたまごですが、まだしんせんですし、なにより、やる気《き》があります。おいしい、おいしい、うすやきたまごになる気《き》でいっぱいです。どうか、わたしをオムライスにしてください！」

そう言《い》いながら、力《ちから》いっぱい頭《あたま》をさげたら、いきおいあまって、ごろんと前回《まえまわ》りをしてしまいました。

「あら、あぶない。」と、手《て》をさしのべてくれたおくさんは、まじまじとタマキを見《み》つめて、気《き》のどくそうに言《い》いました。

「ごめんなさいね。うちの子《こ》は、たまごアレルギーだから、
たまご料理《りょうり》は作《つく》れないの。」

やっぱり、ダメか。もう、ここまでか――。

タマキの目《め》に、じわりと、なみだがうかびます。けれど、それがこぼれる前《まえ》に、おくさんがつづけて言《い》ったのです。

「そうだわ。あなた、そんなにオムライスになりたいのなら、レストラン小山《こやま》へ行《い》ってみたらどう？」

「レストラン小山《こやま》？」

「せかい一《いち》おいしい、まぼろしのオムライスを作《つく》る、小山《こやま》シェフのお店《みせ》よ。」

「まぼろしのオムライス……。」

「ケチャップライスがぜっぴんで、つやつやのたまごはほんのりあまくて、ああ、思《おも》いだすだけで、よだれがこぼれそう。南《みなみ》の島《しま》や、アフリカからも、おきゃくさんが来《く》るのよ。レストラン小山《こやま》のオムライスになるなんて、たまごにとって、さいこうのえいこうじゃないかしら。」

さいこうのえいこう。そのひとことに、しゅんとしていたタマキのむねが、ぽっとあつくなりました。きえかけていたゆめが、よみがえります。

「わたし、レストラン小山《こやま》へ行《い》って、ぜったい、まぼろしのオムライスになります！」

ころころ、ころころ。

ころころ、
ころころ。

おくさんから教《おそ》わった道《みち》をころがりつづけ、タマキがようやくレストラン小山《こやま》を見《み》つけたのは、もう、あたりもすっかり、くらくなったころでした。

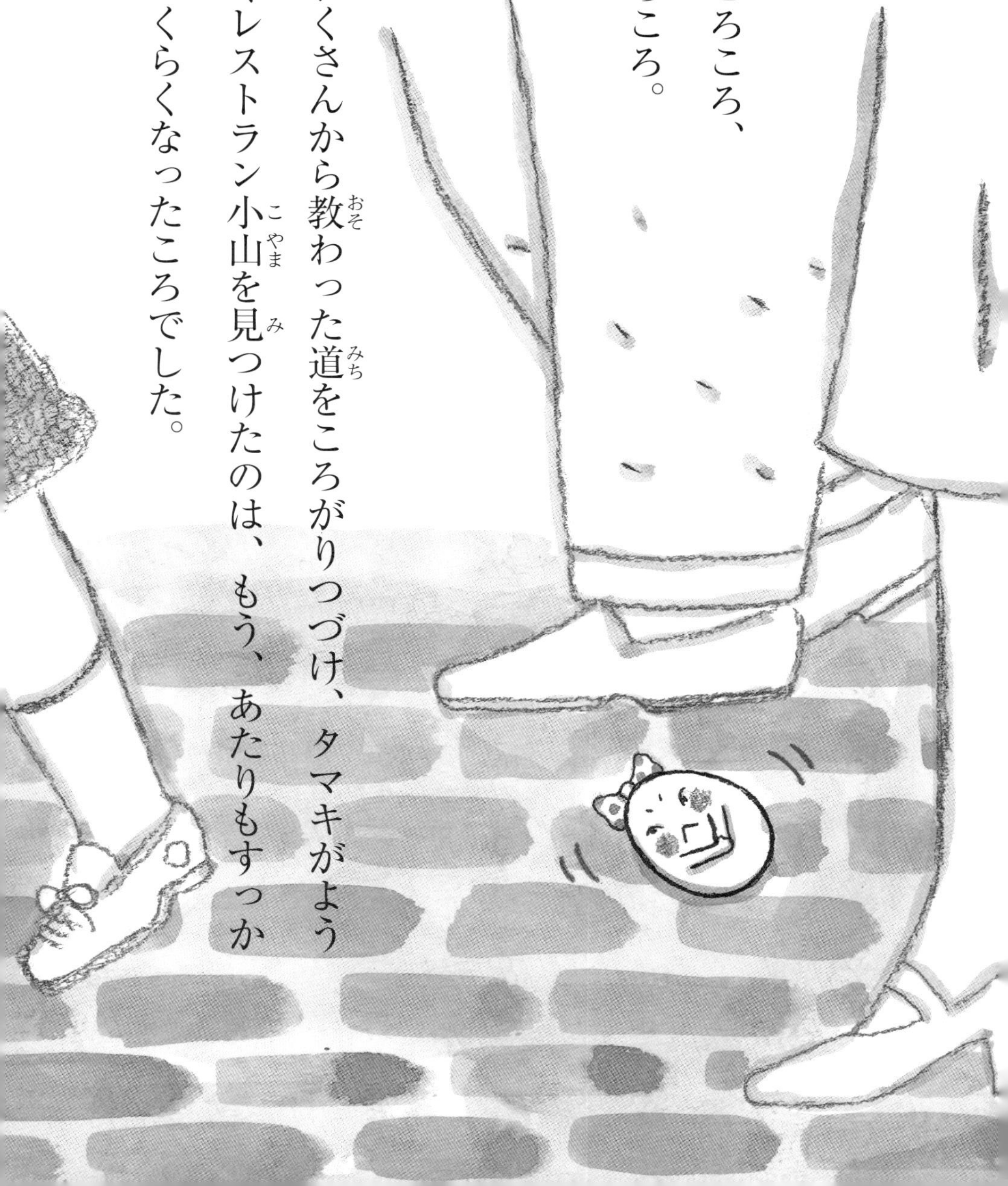

空《そら》には星《ほし》が光《ひか》っています。まん丸《まる》の、たまごのきみみたいな、月《つき》もうかんでいます。

レストラン小山《こやま》の明《あ》かりがきえているのを見《み》て、タマキはその夜《よる》、近《ちか》くの草《くさ》むらでねむりました。

「タマキ、がんばって。」

「さいごまで、あきらめないで。」

「オムライスまで、あと一歩《いっぽ》よ。」

だしまきたまごになったタマコと、おでんのたまごになったタマミと、なっとうごはんのたまごになったタマエが、にこにことおうえんしてくれるゆめを見《み》ました。

つぎの朝《あさ》、目《め》をさまして、あれっと思《おも》いました。
やけに、にぎやかなのです。
おきあがって、きょろきょろし、タマキはあっとおどろきました。あっちからも、こっちからも、たまごがころころところがってきます。つぎからつぎへと、ひっきりなしに、レストラン小山《こやま》の中《なか》へ入《はい》っていくのです。

レストラン
小山

これは、どうしたことでしょう。

わけがわからず、おろおろしながらも、タマキはそのむれにくわわりました。おしあいへしあいしつつ、やっとのことで、お店《みせ》のドアをくぐり、またまた、びっくりぎょうてんです。

カラフルなタイルにいろどられた広《ひろ》い店内《てんない》は、いちめんのたまごで、ぎゅうぎゅうにうめつくされていたのです。

ゆかの上《うえ》。テーブルの上《うえ》。いすの上《うえ》。たなの上《うえ》。レジの上《うえ》。プランターの上《うえ》。いたるところに、たまごのかげがあります。

その、見《み》わたすかぎりのたまごたちが、口《くち》ぐちにうったえているのです。

「小山《こやま》シェフ、どうか、わたしをまぼろしのオムライスにしてください！」

「わたしをつかってください！」

「生《う》まれたときからのゆめでした！」

「いいオムライスになります！」

どうやら、どこのたまごも、考《かんが》えることはいっしょのようです。

「うわあ、ライバルがいっぱい。」

タマキがぽうっとしているうちに、さわぎを聞《き》きつけた小《こ》山《やま》シェフが、ちゅうぼうからすがたをあらわしました。

「さあさあ、みなさん、おしずかに。」

数《かぞ》えきれないたまごたちを前《まえ》にしても、小山《こやま》シェフはおちついたものです。コックぼうの下《した》から、ぎょろりとした目《め》で、たまごたちを見《み》まわし、いげんをもって言《い》いました。

「みんなの気《き》もちはわかるが、うちの店《みせ》に、そんなにたくさん、たまごはいらないんだ。なにせ、まぼろしのオムライスは、毎日《まいにち》、十食《しょく》げんていだからな。」

「え？　十食《しょく》だけ？」

「すなわち、ひつようなたまごは、十こだけ。これから、その十こをえらぶためのオーディションをおこなう。」

「オーディション⁉」

「まぼろしのオムライスになりたければ、力《ちから》をつくして、オーディションをかちぬいてくれたまえ。」

「えーっ。」

たまごたちがどよめきます。このおおぜいの中《なか》から、たった十こしかえらばれないなんて、どんなにきびしいオーディションでしょう。タマキはぶるっとふるえました。

でも、ここまで来《き》たからには、やるしかありません。

「では、さっそく、しんさをはじめよう。」

オーディションのさいしょのかんもんは、「元気《げんき》しんさ」でした。

「元気《げんき》のよくないたまごは、おいしいオムライスになれない。これ、じょうしき。さあ、みんな、はしからじゅんに、力《ちから》いっぱい、自分《じぶん》の名前《なまえ》をさけんでごらん！」

小山《こやま》シェフにうながされ、たまごたちがじゅんばんに、大《おお》声《ごえ》をはりあげていきます。

「タマコです！」

「タマエです！」

「タマチです！」

「タマコです！」

「タマオです！」

「タマミです！」

「タマコです！」

「タマエです！」

「タマミです！」

「タマコです！」

「タマオです！」

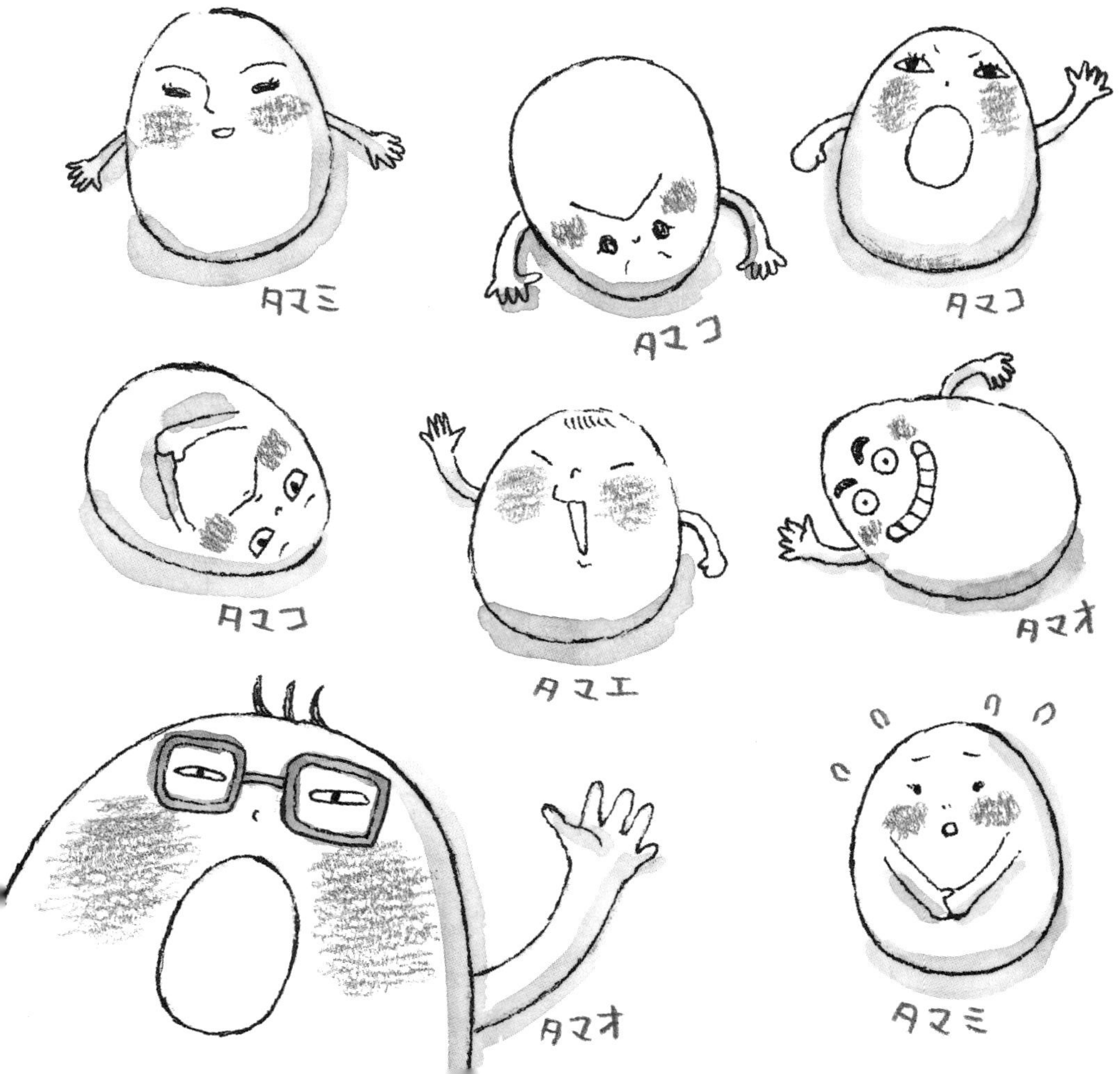

にたりよったりの名前《なまえ》をみんながさけぶたび、小山《こやま》シェフは「ごうかく。」「しっかく。」と、きびしくしんさをしていきます。

どぎまぎしていたタマキに、ついに、じゅんばんが回《まわ》ってきました。タマキはすうっといきをすいこみ、ありったけの力《ちから》で、さけびました。

「タマキでーすっ！」

小山《こやま》シェフが、「ほほう。」と目《め》を細《ほそ》めます。

「元気《げんき》がいいね。はい、ごうかく。」

「やったー！」

ぶじにだい一かんもんをとっぱして、タマキは、ほっとひとあんしん。

オーディションのだい二かんもんは、「もの知《し》りしんさ」でした。

「オムライスのことを知《し》らないたまごは、おいしいオムライスになれない。これ、じょうしき。みんな、これからわたしが出《だ》すクイズに、答《こた》えてくれたまえ。まちがえたら、その場《ば》でしっかくだ。」

ふたたび顔《かお》を引《ひ》きしめたみんなに、小山《こやま》シェフがクイズを出《だ》していきます。

Q.1　オムライスの「ライス」は、
ごはんのこと。では、「オム」は？
1　オムツ
2　オムレツ
3　おむすび

Q.2　ケチャップライスの具《ぐ》として、
やめたほうがいいのは？

1　マッシュルーム
2　たまねぎ
3　チョコレート

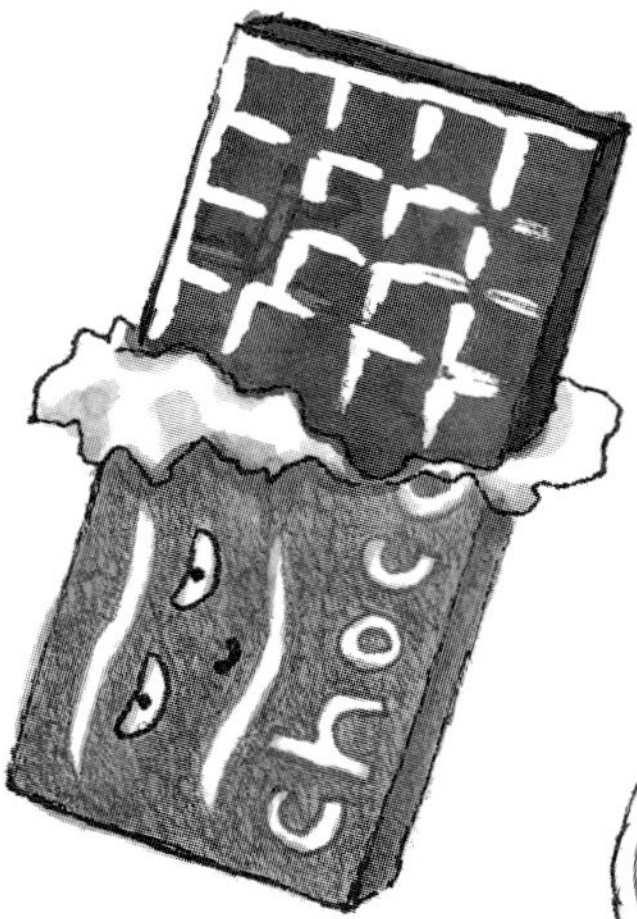

Q.3　たまごをえいごでなんと言《い》う?

1　エック
2　エッグ
3　プリンセス・タマタマ

「答《こた》えは、2。オムライスのオムは、オムレツのこと。」

「答《こた》えは、3。チョコレートとケチャップライスは、合《あ》わない。これ、じょうしき中《ちゅう》のじょうしき。」

「答《こた》えは、2。プリンセス・タマタマとよばれたかったみんな、ざんねん！」

小山《こやま》シェフが答《こた》えを言《い》うたびに、まちがえた子《こ》たちがしっかくとなり、たまごの数《かず》はどんどんへっていきます。ここで、まけるわけにはいかないと、タマキがどうにかがんばっているうちに、ついに、十もんめとなりました。

「さいごのクイズだ。これを当《あ》てたら、だい二かんもんも

とっぱだよ。」

ここまでのこったみんなが、かちんと、体《からだ》をかたくします。もちろん、タマキもがっちがちで、今《いま》にも、からがヒビわれそうです。

「もんだい。オムライスのたまごには、『たんぱくしつ』というえいようがあります。では、『たんぱくしつ』は、なぜ、体《からだ》にいいのでしょう。

1　じょうぶな筋肉《きんにく》を作《つく》るから。

2　おなかの中《なか》をきれいにするから。

3　わかがえりのこうかがあるから。」

これは、むずかしいもんだいです。

3はないな、とタマキは思《おも》いました。さいしょの家《いえ》にいたおじいさんは、たまごがだいすきで、毎日《まいにち》食《た》べていましたが、ぜんぜん、わかがえっていなかったからです。

1か、2か。みんなもまよっています。さんざんなやんだすえ、タマキは、いちかばちかのしょうぶに出《で》ました。

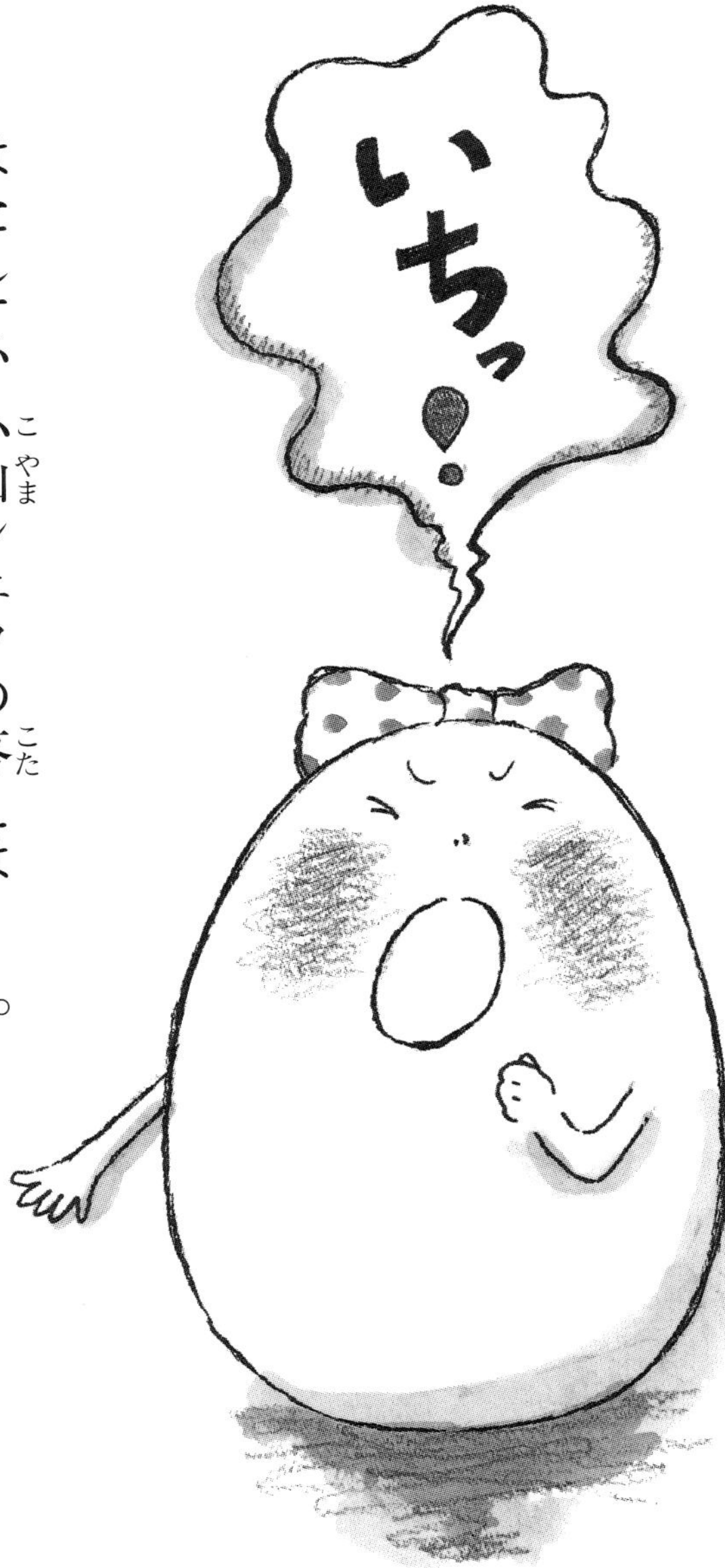

はたして、小山《こやま》シェフの答《こた》えは……。

「答《こた》えは、1。当《あ》たったみんな、おめでとう!」

「わーっ。」

「やったーっ。」

「ばんざーい。」

だい二かんもんをとっぱした、およそ百このたまごたちが、ぴょんぴょんとびはねて、よろこびます。

そして、とうとう、オーディションのだい三かんもん。これが、さいしゅうしんさです。

「さあ、まぼろしのオムライスまで、あとひといきだぞ。」

たまごたちの目《め》が光《ひか》ります。ここまで来《き》たからには、みんな、なんとしてもかちのこって、ゆめをかなえたいのです。

「さいごは、みんなの『じょうねつしんさ』だ。おいしいオムライスになりたい、というじょうねつのないたまごは、おいしいオムライスになれない。これ、じょうしき。なにごとも、かんじんなのは、思《おも》いの強《つよ》さだよ。」

さあ、と小山《こやま》シェフが声《こえ》をはりあげます。

「みんな、頭《あたま》をゆかにつけて、さかだちをしよう。そして、ぐるぐる回《まわ》るんだ。じょうねつてきに、さいごまで、回《まわ》りつづけた十このかちだ！」

「えーっ。」

まさか、そんなやりかたで、じょうねつをはかるなんて！

とまどいながらも、たまごたちが、さかだちにいどみます。

あっちこっちで、はやくも、まごついている子《こ》がいます。

タマキは、なんとか、さかだちにせいこうしました。さいしょのうちは、くるくる回《まわ》るのに手《て》こずりましたが、すぐになれました。どんどん、スピードもついてきます。

「ああ、つかれた。」

「もうダメ。目《め》が回《まわ》るー。」

まわりのみんなが、つぎつぎにギブアップしていく中《なか》で、タマキは、いいちょうしで回《まわ》りつづけます。

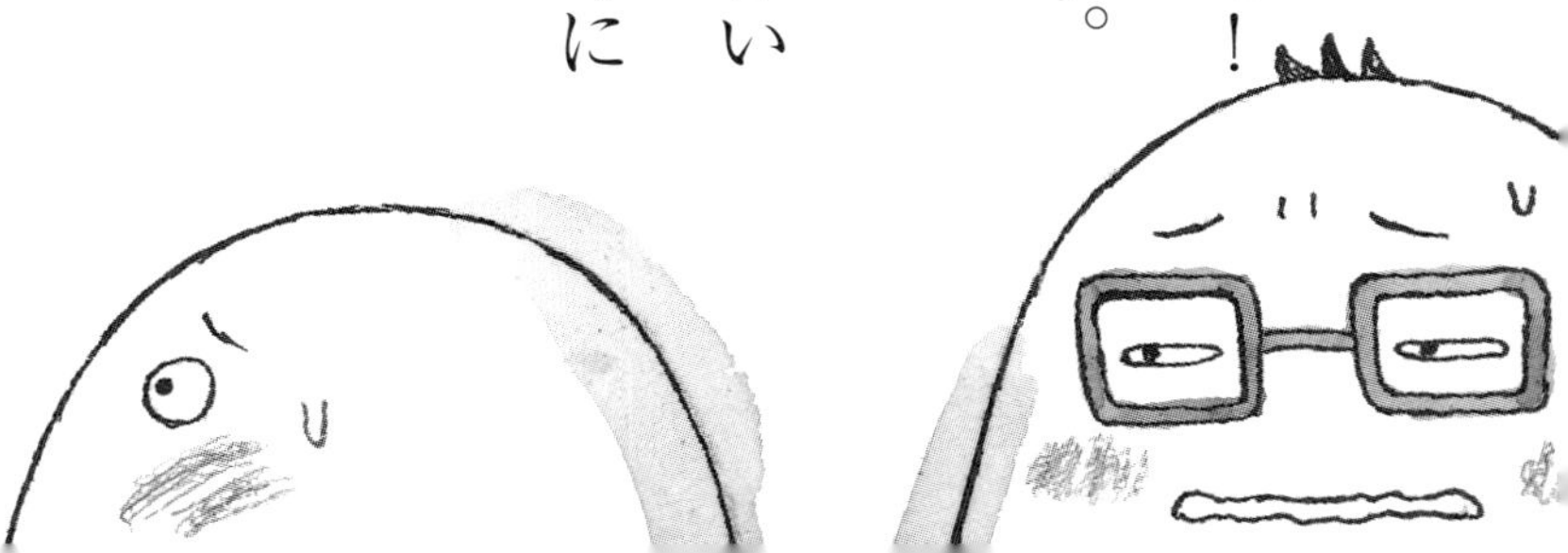

きのう一日《いちにち》、道《みち》をころがりつづけたおかげで、どうやら、体《からだ》が強《つよ》くなっていたようです。それほど目《め》も回《まわ》りません。

「なんだか、楽《たの》しくなってきた！」

気《き》もちよく、回《まわ》りつづけながら、タマキは、みんなのことを思《おも》いだしました。にわとりのママ。タマコ。タマミ。タマエ。おばあさんとおじいさん。そして、きのう会《あ》った、たくさんの人《ひと》たち――。

きっと、みんな、タマキがオムライスになったら、よろこんでくれるはずです。

「わたし、ぜったいに、あきらめない！」

さいごの力《ちから》を、ふりしぼります。
気《き》がつくと、タマキは、ぐるぐる回《まわ》りつづける、
さいごの一こになっていました。
ぐるぐる、ぐるぐる。
ぐるぐる、ぐるぐる。
いきおいは止《と》まりません。

　ついに、小山《こやま》シェフのほうが、目《め》を回《まわ》してしまいました。

「こうさん！　きみは、さいこうのじょうねつをもった、トップ・オブ・ザ・タマゴだ！　ぜひとも、うちのまぼろしのオムライスになってくれたまえ。」

「わーい！」

　こうして、タマキはやっとのことで、ゆめをつかみとったのです。

ランチタイムがはじまりました。

まぼろしのオムライスをもとめて、れつを作《つく》っていた人《ひと》たちが、どっと、お店《みせ》へ流《なが》れこみます。

「オムライス、ください！」

「オムライス、ください！」

「オムライス、プリーズ！」

ちゅうもんにこたえて、小山《こやま》シェフがみごとなフライパンさばきで、ケチャップライスをこしらえます。

しあげに手《て》にしたたまごの、さいしょの一こは、タマキです。

ATO

じゃーん。まぼろしのオムライスのできあがり。

見《み》てください。この、タマキのうれしそうなこと！

「わたし、生《う》まれかわっても、きっとまた、オムライスになりたい！」

みなさん。どうか、オムライスを食《た》べるときには、それが、ゆめをかなえたたまごだってことを、思《おも》いだしてくださいね。

オムライスのまめちしき

オムライスがもっとおいしくなるオマケのおはなし

オムライスはどこ生《う》まれ？

このおはなしには、こんなクイズが出《で》てきました。【Q.1　オムライスの「ライス」は、ごはんのこと。では、「オム」は？】答《こた》えをおぼえていますか？　そうです。「オム」はオムレツのことです。

オムライスは、ケチャップで味《あじ》つけしたライスを、オムレツのようなたまごでつつんだりょうりです。「ライス」は英語《えいご》、「オムレツ」はフランス語《ご》がもとになっています。では、オムライスはどこの国《くに》で生《う》まれたりょうりでしょうか？

じつは、オムライスはいまから百年《ねん》ほど前《まえ》に日本《にっぽん》で生《う》まれました。ヨーロッパのおきゃくさんが日本《にっぽん》に来《く》るようになり、おきゃくさんの国《くに》のりょうりを出《だ》すうちに、日本《にっぽん》生《う》まれのあたらしいりょうりがつぎつぎとできたのです。オムライスも、そのひとつです。

オムライスを自分《じぶん》で作《つく》ってみよう

オムライスを作《つく》るときに、いちばんむずかしいのは、「オム」で「ライス」をつつむことです。つつみかたには、いろいろあります。

①フライパンの中《なか》で、ライスをたまごでつつみこんでから、おさらによそいます。

②ライスとうすやきたまごをべつべつに作《つく》り、おさらによそったライスを、うすやきたまごでつつみます。

③ライスととろとろのオムレツをべつべつに作《つく》り、おさらによそったライスのうえに、オムレツをのせて、くずします。

小山《こやま》シェフのように、みごとなフライパンさばきができるなら①のやりかたがおすすめです。しっぱいがすくないのは②のやりかたかもしれません。とろとろのオムレツにこだわるなら、③のやりかたがよいでしょう。

いろいろなやりかたがあるので、おうちの人《ひと》といっしょに、ためしてみましょう。
そして、オムライスをたべるときには、タマキのことを思《おも》いだしてくださいね。

森 絵都｜もりえと

1968年東京都生まれ。作家。早稲田大学卒業。『リズム』（講談社）で第31回講談社児童文学新人賞受賞。同作品で椋鳩十児童文学賞を受賞。『宇宙のみなしご』（講談社）で野間児童文芸新人賞、産経児童出版文化賞ニッポン放送賞を受賞。『アーモンド入りチョコレートのワルツ』（講談社）で路傍の石文学賞、『つきのふね』（講談社）で野間児童文芸賞、『カラフル』（理論社）で産経児童出版文化賞、『DIVE!!』（講談社）で小学館児童出版文化賞を受賞。『風に舞いあがるビニールシート』（文藝春秋）で第135回直木賞を受賞。その他に『6月のおはなし　雨がしくしく、ふった日は』（講談社）などがある。

陣崎草子｜じんさきそうこ

1977年大阪府生まれ。絵本作家、児童文学作家、歌人。大阪教育大学芸術専攻美術コース卒業。『草の上で愛を』（講談社）で第50回講談社児童文学新人賞佳作を受賞。絵本に『おむかえワニさん』（文溪堂）、小説に『片目の青』（講談社）、『桜の子』（文研出版）、挿絵に『つくしちゃんとすぎなさん』（講談社）、『らくごで笑学校《しょうがっこう》』（偕成社）、『ユッキーとともに』（佼成出版社）、歌集に『春戦争』（書肆侃侃房）などがある。

装丁／望月志保（next door design）
本文 DTP ／脇田明日香
巻末コラム／編集部

たべもののおはなし　オムライス

オムライスのたまご

2016年10月25日　第1刷発行
2023年10月25日　第5刷発行

作　森《もり》絵《え》都《と》
絵　陣崎草子《じんさきそうこ》
発行者　森田浩章
発行所　株式会社講談社
〒112-8001 東京都文京区音羽2-12-21
電話　編集 03-5395-3535　販売 03-5395-3625　業務 03-5395-3615

KODANSHA

印刷所　株式会社ＫＰＳプロダクツ
製本所　株式会社若林製本工場

N.D.C.913 79p 22cm ©Eto Mori / Soko Jinsaki 2016 Printed in Japan
ISBN978-4-06-220264-0